第一次得一次！

黃嘉儀 著

第一次得一次！
作者／黃嘉儀
總編輯／馬鎮梅
責任編輯／廖迎祺
美術設計及漫畫／黃漢威
出版發行／突破出版社
香港沙田亞公角山路33號突破青年村
電話：2632 0000　傳真：2632 0388
電郵：breakthrough@breakthrough.org.hk
網址：http://www.breakthrough.org.hk
http://www.btproduct.com
承印／海洋印務
2005年7月初版1刷
2008年1月初版2刷

Something Serious About Sex that You Don't Know
by Karrie Wong
First Printing, First Edition, July 2005
Second Printing, First Edition, January 2008

ISBN 978-962-8791-90-3

飛翔專號

目錄

Sex

徐惠儀 序

你也可以改寫未來！

人生有很多第一次——第一次叫媽媽，第一次走路，第一次上學，第一次考試，第一次拿滿分，第一次談戀愛……很多第一次都是成長的象徵與轉折，當你踏出一步之後，生命就有着不同的風景。

第一次只得一次，那是不能再來，沒法逆轉的經驗，所以每一次都是獨特和重要的。

《第一次得一次！》的作者有豐富的青少年工作經驗，很能體會少年人對談戀愛的浪漫憧憬與躍躍欲試的心態。透過未來的「戀愛教室」，直接向讀者發出挑戰，在縱身投入戀愛之前，先要對愛情有基本的認識，對男女兩性交往的態度有多一點了解，更重要的是留心情慾的陷阱，為自己對愛的追求與實踐定下底線，不要糊裏糊塗地奪取別人或獻上自己的「第一次」，造成無可彌補的過失與傷痕。

知識可以改變命運。當主角二米站在愛情的十字路口，他的愛情導師總是適時出現，幫助他重新思考愛的真諦、愛的責任，化解約會中的衝突，對性的誘惑說「不」。二米在戀愛的過程中作出正確和適當的選擇，直接影響和塑造了他的未來。

誠邀每個關心自己的愛情與前程的少年人參加這個愛情教室，你也可以改寫自己的未來呢！

（徐惠儀現為家庭基建教育及出版總監）

謝寧 序

怎樣的性才是美好？

我的大女兒剛剛踏入青少年階段，作為母親的我要解答女兒的一些生理問題，便也趁此機會灌輸一些性知識，當她的身體開始發育，她就更了解媽媽是怎樣把她和妹妹生下來。

但生育只是婚姻生活中的一個過程，之前的關係才是最重要。上帝造人，讓我們享受「性」，直到今時今日，我才體會到在婚姻中的「性」才是最美好的。自問是一個感情豐富的人，年少時喜歡戀愛的感覺，認為在戀愛當中的「性」是理所當然的，如今回想起來，真是一生中的遺憾。

由於傳媒太過渲染「性」，讓年輕人對「性」有誤解，我必須時常提醒女兒：如果有男孩子喜歡你，要看他對你要求怎樣的身體接觸，從這點就可以看出他對你有多關心和尊重。

作為一本向青少年說性的書，作者以青少年的語言和興趣帶出這題目，書中的小說場景常常出現很多悅人眼目的美食，令我聯想起「性」，兩者都是人的欲望，一樣需要自制力，但我們往往被欲望反過來控制我們。只有靠着神，我們才有能力控制欲望，這是惟一的出路！也是我的經驗之談。

（謝寧現為電台節目主持、雜誌專欄作者，育有二女，二十一歲時當選香港小姐冠軍。）

1

大新聞！**愛的教育改革！**

二米一早起來就不停的按動那投射在客廳牆壁上的輕觸式影像按鈕，翻看這幾天於網站、電視及電台的所有新聞。

「打仗嗎？」二米媽覺得奇怪不已，從不關心社會時事的二米，竟然一大早就翻看那些悶到發慌的新聞?! 二米沒有回應，只顧埋頭在看。

「怎麼了？看了這麼久，是不是有大新聞？」正在廚房做早餐的二米媽很想知道究竟是什麼事令二米如此留神。

早餐是基因雙蛋，一個蛋殼內有兩個鮮黃色的蛋黃，而且經基因改造絕不含膽固醇，配有加入薑味的基因改造紅米，煮成雙蛋紅米稀飯……薑味撲鼻。

二米以三秒三的速度離開坐了整整半個小時的豆豆坐墊，但卻沒有停在餐桌前，對於每天必吃的早餐，二米竟然看都沒看一眼，似是有很重要的事情等着他，逕自向着大門外的懸浮列車站狂奔去了……

✣ ✣ ✣

幻象餐廳的小廂房內，四個打扮入時的少年人，看樣子大概有十四、五歲。一個光頭少年將電子卡放進幻象機內，另一個塗上紫紅色眼蓋膏的少女則忙於在顯示幕上作選擇，按了又按，直至顯示幕出現「OK」字樣，整個小廂房即變成了青蔥的山嶺，有陽光、有微風，在角落處更有幾隻初生小綿羊。少女想去觸摸那小綿羊，但卻撲了個空。

「嗶！」電動門開了，進來的正是氣喘如牛的二米。

少女一個箭步上前緊緊擁着二米。「壽星仔，幹嗎這麼急？很掛念我嗎？」思思閃亮的小嘴兒像雨點般在二米的臉上留下印記。

「你們有沒有看新聞？」

「新聞？悶死人哪，有什麼好看！反正每天都是一樣過啦！」小光頭不屑地說，旁邊的肥馬和樂樂也一起點頭。

「通識科改革課程內容啊！」

「那算什麼大新聞，他們差不多天天都在改啦！」思思白了一眼。各人七嘴八舌，對這個議題都不感興趣。

「今次不同啊……」二米在顯示幕上按了又按，轉瞬間青蔥山嶺變成了上星期的電視新聞。

「……第十二屆新香港政府教育部部長田軍，公布未來三年的教育改革時表示，近年各娛樂場所包括情侶酒店及所有提供幻象服務的食肆，販賣墮胎、避孕、催情等違禁藥物的情況非常嚴重，令腐敗的戀愛文化不斷蔓延，更有年輕化的趨勢。有見及此，教育部建議於通識科目加入名為『戀愛教室』的兩性相處課程，課程將以自學模式進行，新政府希望是次課程改革能減低墮胎及棄嬰所引起的社會問題，最終

希望重整婚姻制度……教育部改革行動組的執行主任黎兆波表示，為測試課程的可行性，將會在十四至十八歲的年齡層當中，隨機抽樣揀選一千名青少年參與此課程試驗計劃……」

✣ ✣ ✣

「咦？上堂學拍拖？那不就是有免死金牌嗎？」小光頭興奮得兩眼放光。

「什麼免死金牌啊？」肥馬搓搓後腦，有點不解。

「這也明不白？奉旨拍拖啊！」

「課程年年改，今次總算改得有點意思了。」一直默不作聲、托着下巴的樂樂終於開口了。

「下一個被選中做試驗計劃的人很可能就是我！」小光頭充滿着期待，各人無不點頭認同。

「嗶……嗶……」二米的電子傳訊卡響起來。

「楊意米，根據隨機抽樣的結果，你已被揀選參與通識科目『戀愛教室』的課程試驗計劃。你須於七月十二日下午三時正，到政府總部的教學大樓出席課程簡介會。請準時出席。如有疑問，可透過電子傳訊卡與本部門聯絡。」

二米看着傳訊卡，有點難以置信。

「怎麼了，呆頭呆腦的……」思思看着二米。

「……我……我中了獎！」二米故作鎮定。

「什麼？不是吧？你被抽中了？」小光頭大聲地問。

二米不斷點頭。肥馬與小光頭同時翻看自己的電子傳訊卡，看看自己是否也被選上。

「七月十二日，不就是下星期二嗎？這麼快！」二米對着電子傳訊卡在喃喃自語。

「好啊！好啊！去完告訴我好不好玩啊！」樂樂興奮地

嚷。

「二米，實在有點妒忌你，學了什麼祕技記緊跟我們分享啊！……唉！為什麼不選我？」小光頭失意地舉杯一飲而盡。

二米開始回到現實，有點沾沾自喜：「喂，説到底今天都是我的生日，我又中了大獎，你們不恭喜我嗎？」

各人也抖擻起來，趕快把自己的杯子找回來，爭着要與二米碰杯。

「乾杯！生日快樂！」眾人齊聲恭賀二米。

「多謝！明年今日我就是愛情專家喇！」二米得意洋洋，興奮得大叫起來。

2

虛擬愛的心理測驗

二米來到新政府總部的教學大樓，還只是下午二時五十分，課程簡介會尚有十分鐘才開始。

「嗶⋯⋯嗶⋯⋯」二米的電子傳訊卡響起，是思思的來電：「你準備好了嗎？」思思的笑臉在傳訊卡的顯示幕上出現。

「沒有什麼好準備的⋯⋯」二米無精打采地回應，「今晚一起吃飯嗎？」

「好啊！我來教學大樓等你吧！」思思搶着説，在顯示幕可見她高興得跳起來，永遠是那麼的急不及待。

「到時見！」二米將顯示幕關掉，深深吸了一口氣就大步踏進教學大樓。

「請到三樓視聽室。」二米將電子傳訊卡放進教學大樓入口處的入閘機內，電腦隨即指示他要去的地方。

✣ ✣ ✣

在一扇銀色的大門前，一位穿着全套黑色西裝的職員與二米核對了一些基本的個人資料，並解釋試驗計劃的詳情。

「……課程共有兩部分，第一部分是虛擬影像題目，即將進行。第二部分是導修題目，稍後會有指示。這次課程純屬試驗性質，不會影響你的學業成績，你有問題嗎？」

二米對於接收這些訊息沒有什麼困難，當然也沒有多大興趣。

「一會兒你會單獨進入視像空間……」他指一指那銀色大門。

「進去後你坐在電腦板前，將你的個人電子傳訊卡插入電腦內，按『開始』便可進入虛擬影像題目測試的模式，你要就那些虛擬情景作出你自己的回應。不要嘗試作虛假的回應，電腦能分辨，若發現你作虛假回答，電腦會停留在該題目，直至你作出真實回答，才會繼續下一題。」二米認真地聽着。

「測試開始後你不可以隨意離開。還有什麼不明白嗎？」

二米的興趣來了，只想可以快點進去。

那職員又說：「你可以進去了……」

你將代入影像題目中的角色，請以你的經驗及意願為角色作出選擇。切勿隱瞞自己真心的回應，電腦可辨識你的狀態，多謝合作。

「二米：

識你三年啦，覺得你同其他男仔好唔同，雖然你唔係好靚仔，但係我覺得你黑黑實實好有型！每次見你去運動場比賽，我都會為你打氣！其實都唔知點開口，哈哈！😄唔……我想講你知我都幾中意你……希望唔會嚇親你啦！如果你唔中意我就唔好搵我！

😌思思上」

問問你自己：

你會與思思拍拖嗎？

會 → 請翻到頁 24 *不會 → 請翻到頁 26*

為什麼？

「拍！一定拍！無理由要推辭！……要寫原因嗎？那就很簡單啦！因為我亦有點喜歡她，又很想試試拍拖的滋味，最重要是——可以告訴朋友『我有女朋友喇！』」二米回想剛開始拍拖的日子，不禁精神一振。

我會與思思拍拖。

問問你自己：

在這氣氛之下，你是否會與思思進一步發生性關係？

會 → 請翻到頁 28　　*不會 → 請翻到頁 30*

為什麼？

二米怕影響評級結果，急急的選了「不會」。

「電腦測出這並非你的真實回應，請再選擇。」

我不會與思思拍拖。

兩人反而變成常常見面的好朋友，

經過一段日子的相處，

二米對思思亦漸生好感。

兩人最終都決定拍拖。

請翻到頁 24

我會與思思進一步發生性關係。

問問你自己：

你會與 Sandy 見面嗎？

會 → 請翻到頁 32　　　　*不會 → 請翻到頁 34*

為什麼？

我不會與思思發生性行為。

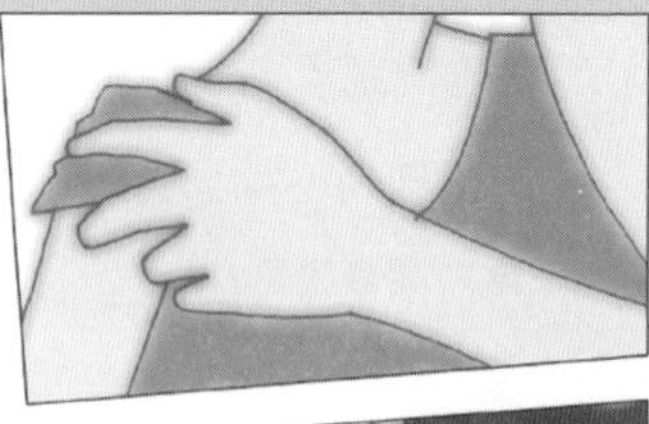

問問你自己：

你會與 Sandy 見面嗎？

會 → 請翻到頁 32　　*不會 → 請翻到頁 34*

為什麼？

我會與 Sandy 見面。

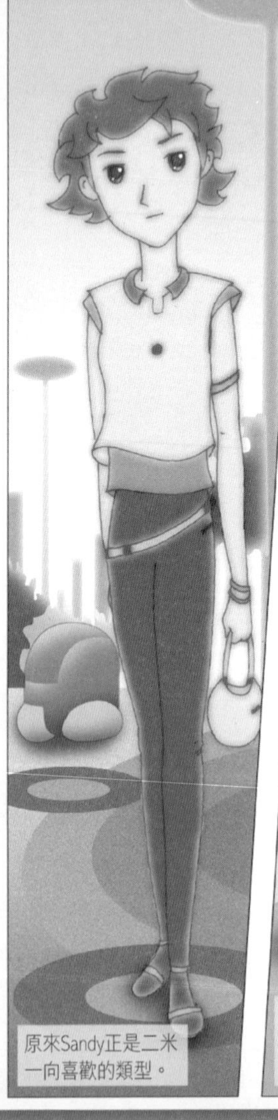
原來Sandy正是二米
一向喜歡的類型。

二米開始瞞着思思與Sandy交往，十分投契。

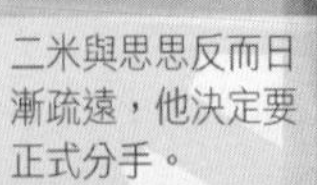
二米與思思反而日
漸疏遠，他決定要
正式分手。

但二米在Sandy的
相簿中發現——

思思與Sandy的合照，兩
人原來是要好的表姊妹。

問問你自己：

你會繼續與 Sandy 拍拖，還是終止與 Sandy 的關係？

繼續 — 請翻到頁 36　　*終止 — 請翻到頁 38*

為什麼？

我不會與 Sandy 見面。

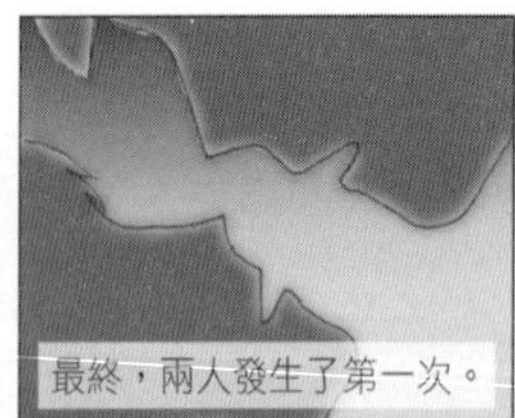

問問你自己：

你會與 Sandy 見面嗎？

會 → 請翻到頁 32　　*不會 → 請翻到頁 38*

為什麼？

我會繼續與 Sandy 拍拖。

問問你自己：

你想思思將孩子生下來，還是要求思思墮胎？

墮胎 → 請翻到頁 42　　*生育 → 請翻到頁 43*

為什麼？

在視像空間的二米，真的呆在當場。

我會終止與 Sandy 的關係。

二米覺得目前的三角關係太複雜，令他煩惱不堪，

故決定不見Sandy，

同時也向思思提出分手。

思思卻流着淚說：「我懷孕了。」

問問你自己：

你想思思將孩子生下來，還是要求思思墮胎？

墮胎 → 請翻到頁 42　　*生育 → 請翻到頁 43*

為什麼？

在視像空間的二米，真的呆在當場。

3

駭人結果**分析**

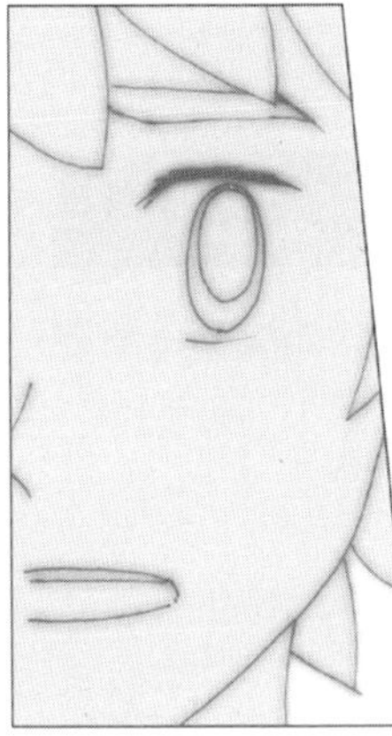

二米不知所措，

呆在當場。

第一部分虛擬影像題目已完畢，請稍候電腦分析結果。

在二米眼前，是思
思大着肚子的模樣、

還有自己狼狽地幫小
BB換尿片的情景……

怎麼會搞成這樣啊？

「請按你的最後選擇，核對你的分析結果。」

1. 懷孕後選擇墮胎 —— 現實型後果

➶ 心理：你們在經濟上及能力上均無法達到為人父母的要求，但內心卻討厭自己這個不負責任的決定，常處於矛盾的狀態。

➶ 身體：任何墮胎方法都會令身體陷入極度危險的狀況，有機會令懷孕者永久不育或在手術過程中感染細菌而引發併發症，嚴重會導致死亡。

➶ 情緒：雖已經多番考慮，墮胎可能是比較現實的處理方法，但卻有一種沉重的「親手殺死自己孩子」的罪疚感湧上心頭，令情緒陷入混亂的狀態。

➶ 感情：即時處理事件雖然對學業及前途影響較輕微，但卻令你們變得彼此不信任，每次見面均引發不安的情緒。

2. 懷孕後選擇生育——浪漫型後果

➶生活：突然懷孕令你們的生命完全改變，原有的生活習慣、興趣、理想都要暫時放下，人生方向亦被迫改變。對於照顧嬰孩，初時還覺新鮮有趣，但漸感困身與厭煩，爭吵不斷出現。

➶心理：為了生育，未婚媽媽要挺着肚子面對同學、鄰居、親戚的冷言冷語及歧視目光。

➶情緒：孕婦的荷爾蒙改變會影響情緒，身分的改變也令情緒常處於起伏不定的狀態，有時甚至不能自控。

➶財政：為養育孩子，你們急需財政支援以應付龐大的開支。

「分析完畢，你可以選擇將結果下載到你的電子傳訊卡，方便日後翻閱。

「第一部分測試完畢。你將於兩星期後開始進行第二部分的導修題，屆時，你會每星期透過你所屬的網上學校收取導修資料一份。每份導修資料均附有一份導修題目，請將已完成的導修題目按指定路徑傳送至本部門即算完成一課。完成九課後，你將會獲得『戀愛教室』的總評級。

「多謝你的參與，你現在可以離開。」

二米看過分析結果後，仍是滿心的不舒服。好像自己做了一件錯得無可彌補的事一樣，心裏充滿內疚。踏出教學大樓，原來已是黃昏，不經不覺在虛擬影像空間逗留了近三個小時。

二米站在門前，卻仍然迷茫得不知自己身在何方，直至思思從後拍了他一下：「喂！等你很久了，去哪裏吃飯好呢？」思思一個轉身擋在二米眼前，兩臂圈在二米的頸後。

夕陽照在思思的臉上，映得她的臉頰分外光亮，二米分不清面前的思思究竟是剛才的虛擬影像，還是真正的思思？他的眼光不由自主地盯在思思的肚子上。

「你肚餓嗎？……喂，我在問你啊？發什麼獃啊！」

思思一貫的急性子又來了。二米一時之間也無法返回真實。

「啊……我肚餓嗎？那你想吃什麼？不如去天水圍十三區的湖畔吃炸雞，你不是常嚷着要去嗎？今天就去吧。」

「好啊好啊！」思思很自然地拖着二米的手。「剛才怎樣，好不好玩？」

「唔……非常驚嚇！」

「為什麼？考官很惡嗎？」

「不是，那裏沒有考官⋯⋯只是⋯⋯你大肚了！」

「吓？大肚？我？關我什麼事？為什麼我會大肚？」

「因為⋯⋯因為你太喜歡吃炸雞，所以愈吃愈肥，肚就大了啊！」

「無聊！」

兩口子吵吵鬧鬧的手牽手向着懸浮列車站走去，二米心裏知道自己是不敢道出真相。

4

導修課一：**第一次以後……**

「喂，這麼晚才起牀？不用上課嗎？」二米媽邊弄早餐邊問剛起牀的二米。

「嗳（呵欠）……今天有group discussion，已約好了幾個同學，吃完早餐便要開始。對了，今天早餐是什麼？」

「你的鼻子不靈嗎？」

「喲！又是雙蛋紅米稀飯呀……」二米一臉失望。

「咦？怎麼了，你不是最愛吃的嗎？」

「本來是，但不知為什麼吃多了，味道彷彿不像第一次那麼吸引……」

「怎會這樣？你忘了你第一次吃到這雙蛋紅米稀飯，你說什麼了？」媽媽有點不滿。

二米也忍不住笑，「記得！我說：絕頂美味呀！這就是我家天才靚廚師的拿手好菜，叫我一天沒吃簡直就沒有生存動力的——雙蛋紅米稀飯！好好好，我吃我吃。」媽媽聽着二米誇張的介紹，甜甜地笑了。二米雖然乖乖地吃着，還是暗暗覺得第一次吃到的基因雙蛋和薑味紅米給他味覺上的刺激是最新鮮難忘的，此後的味道不是不好，但已無法相比。

吃過早餐，二米回到房間打開電腦，準備與同學進行視像會議，做小組研習的課題。右下角的通告欄不斷眨動，二米以為是學校傳來什麼訊息。

「戀愛教室導修資料：請完成附頁的導修題目後按此路徑傳送至本部門。」

二米有點愕然，稍一定神才記起兩個星期已經過去，今天是戀愛教室導修部分的第一課。二米隨即開啟附件，看看導修資料究竟是什麼。

導修課一：First sex, what's next？

不論你是否對感情認真，不論你是什麼年紀，也不論你是否有完美的計劃，性行為最可能出現的後果就是懷孕。一旦發現已懷孕，你會怎樣？可能會驚惶失措，想不出任何方法；也可能你已經有全盤計劃部署怎樣照顧孕婦、照顧嬰孩；又或者你的全盤計劃是部署怎樣墮胎。不論是哪一種，有些後果可能是你從未想過的。

問問你自己：

有 BB 怎麼辦？

答：　**生囉！爸媽會養啦！他們好恨抱孫啊！**

事實：請你閉上眼，想一想你父母的面貌，若果你今天放學回家，告訴他們懷孕的消息，他們會有什麼反應？

會大罵一場，給你一記耳光，還是拍手叫好？相信你心裏有數，其實父母是絕少會為我們在這階段懷孕而高興的，別單方面幻想他們會接納，他們不接納也是正常不過的事。

答：　**要生！這是一個生命，我們無權奪走他的生命。**

事實：請你閉上眼，想一想你將來的生活……

你認真計劃過自己的將來嗎？你有信心承擔小生命的將來嗎？不要令自己在沒有計劃、沒有準備下懷孕。

答： **生下來吧！我們是真心相愛，總有方法養大孩子。**

事實：請你閉上眼，想一想你可以挺着肚子上學，與朋友一同去打球、露營嗎？你可以放棄自己的理想嗎？你可以現在就放下你的學業嗎？

我們常把事情想得太過簡單。每個人都有自己的理想，就算你們真的願意放棄現在的一切，結婚生子，你們的壓力亦會愈來愈大。

他日舊同學聚會，可能因要照顧孩子無暇出席，又或是有財政壓力未能赴會，即使能夠見面，看着同輩的朋友大學畢業、找到理想職業，自己卻要為家庭而放棄理想，心裏也不是味兒吧。

兩人的生活圈子漸漸縮窄，男的出外賺錢，女的在家照顧孩子，話題都離不開家中的瑣碎事，從前的浪漫甜蜜都不復再。**想清楚，這是你的理想生活嗎？**

答： **落（墮胎）啦！隔離班同學甲的表姐都好似落過，沒事的。**

事實：你以為手術很簡單很安全，籌足手術費便可以嗎？有苦自己知，很多人為了面子，只把自覺最威風的經驗告訴你，但最痛苦的經歷又會否告訴你呢？有少女在手術後，因為傷口處理不當，流血不止，最終暈倒街頭。有人甚至因而永遠無法再懷孕。又有很多人可能沒有出現即時問題，但每到經期都會腹痛難當。而非法診所的衞生情況亦可能導致墮胎者感染其他病毒或細菌。

答： **要打掉啊！沒有錢的話去旺角或深圳，很便宜的。**

事實：是的，真的很便宜。便宜是因為他們非法經營，可能只是一個簡陋的診所，手術用的儀器不知道是否有經消毒，進行手術的人也不知道是否合格醫生，手術的危險性可想而知。

答： **那要到醫院做墮胎手術吧！但是不是要坐牢？**

事實：在香港進行合法墮胎手術，須由兩位醫生簽字批核。若少女在懷孕時未滿十六歲，**根據香港法例，**

任何男性與十六歲以下少女發生性行為時，不論該少女同意與否，均觸犯刑事罪行，會被控以「與未成年少女發生性行為」罪名，最高刑罰為入獄五年，如少女年齡在十三歲以下，最高刑罰為終身監禁。

答：**雖然現在相愛，但不適合養孩子。**

事實：因一時衝動導致要進行墮胎手術的例子屢見不鮮。兩小無猜時可能真心相愛，但在彼此成長的過程中，就算是相愛的兩人也可能基於不同的原因分手，之後會再各自談戀愛，若是又再一時衝動懷孕，難道又要去墮胎嗎？今時今日，戀愛、分手循環多次已是平常事，如果任由性行為隨愛發生，只會增加懷孕機會，而一個人又可以承受多少次墮胎手術？

請你閉上眼想一想，有一天你真的可以與最愛的人結婚、適合養孩子了，但你怎樣開口告訴他你以前的性行為，女方甚至因墮胎過數次而無法替他生孩子，你期望他會怎樣回應？你猜他會有什麼感受？

令你意想不到又不能回頭

性行為的後果並不止於懷孕那麼簡單，它還有許多很特別的後果是你意想不到的，因為那些影響可以是很長遠的，到你發現時已不能回頭。有些後果即時不能預計、不能看見，但到頭來卻可能改變我們一生，帶來無法彌補的遺憾。

高估了第一次真是一場誤會

很多青少年都不清楚這些延後出現的後果，同時也高估了第一次性經驗的效果。但實際上，根據真實個案，**未成年的第一次性經驗往往是在慌慌張張、手足無措、既害怕又緊張之下草率完成，只留下極度的羞恥感與挫敗感。**與未成年少女發生性行為是違法的事，一方面擔心被人發現，另一方面又因為從未試過而十分生疏，試問這種情況之下又怎能享受性的浪漫與歡樂？

今時今日談貞操有人會嫌老套，問題是，**第一次只得一次，這一次如果胡亂地失去了，對不起，你永遠不會有另一次機會。**你的第一次就這樣永別了，一點都不愉快，偏偏第一次永遠是最難忘的，即是說那一次的不快會一直留在你心裏，甚至會為你帶來傷害，造成日後的陰影。

性疑難解答節目為何如此受歡迎

你或會想起電影裏的性愛場面都是很浪漫的，但電影很少會演繹主角在性事上的手忙腳亂，一般愛情戲的男女主角接吻後倒在牀上，下一個鏡頭已是第二朝早，那些不浪漫的細節是不會給你看的。**如果性真的那麼輕易帶來歡樂，那麼媒體的性疑難解答節目又怎會如此受歡迎？**性不是想像般簡單的事，一場誤會背後卻要付上沉重的代價，你有能力承擔嗎？

要避免墮入性的陷阱，必須清楚知道後果，告訴自己那些後果不可在你身上出現，那你就有最大的力量去拒絕隨時的誘惑。特別是**女孩子啊，不論男朋友多麼愛你、家長老師怎樣疼你，最後不論要生育或墮胎、走進手術室的人都只有你自己**，無人能代替你，你必須要獨自一人承擔所有的後果。

赤裸的心靈如何收回？

別以為沒有懷孕就沒有後果——

你是不是想起有人教你安全性行為呢，那就萬無一失嗎？你以為做足了避孕措施防止懷孕，便可以乾手淨腳、神不知鬼不覺嗎？對不起，事情沒有那麼簡單。

假設你是想與喜歡的人發生性行為，你可有想過這是一個怎樣的過程？除了激情和慾望，也是一次徹底的分享，你們要在對方面前坦露自己最赤裸的一面，沒法再掩藏什麼，當兩人身體完全交給對方以後，很自然也會希望心靈、性格和生活上亦是完全接通，不論有什麼缺點都不會拒絕對方，性的分享代表着兩個不同的個體之間一種最大的、毫無保留的認同與接納。

又請你想想，一旦分手，原先期望的接納就立即變成了最大的拒絕與傷害，你本是願意分享一切，現在卻像被人遺棄一樣。請問你，**赤裸的心靈、赤裸的身體，如何收回？如何遮蓋？**時間也許會沖淡哀傷，但交出去的真心是無法收回的，曾經暴露人前的自尊也是無法再遮蓋。

每一次真心被拒，就好像一道刀傷，刀傷會結疤，但不能回復皮膚最初的完美。這還只是身體上的創傷，而心裏的感覺隨着每次受傷可能是漸漸麻木，甚至他日再受傷害也不自知，但這些傷痕、被壓抑的情緒只是暫時隱藏，不知什麼時候可能會爆發出來。而一個滿身傷痕的人，又是否有力量去建立一段長久健康的關係呢？

導修題目

你與伴侶計劃要結婚，你能接受對方曾與其他人發生過性行為嗎？為什麼？

你計劃生孩子時，妻子卻因曾墮胎而不能再生育，你有什麼感受？

要避免以上的情景出現，今天你要怎麼做？

二米一口氣看完這份導修資料，感覺震撼！他沒想到課程可以這麼直接地深入有關性的課題，二米對這個戀愛教室試驗課程開始有一點改觀，不禁也密切期待着下星期的導修資料。

顯示幕上的訊號燈眨個不停，同學們都在等着二米做功課呢！各種不耐煩的表情在跳動着，二米連忙啟動視像模式，收拾心情開始與同學研習。

✣ ✣ ✣

一陣濃濃的巧克力香氣飄然而至，二米忍不住放下手上的功課，到廚房探個究竟，果然見是媽媽最拿手的巧克力脆皮西多士。

「研習完了嗎？才兩個多小時啊？」

「沒關係啦，很香啊！」二米邊説邊摸着肚子。「可以吃了吧？」二米伸手想拿剛放碟上的西多士。

「不行！還沒到時候呢，等一下吧！你就不能忍耐一會嗎？」媽媽雖然把二米的手打掉，但還是那樣溫柔地微笑。

二米突然想起什麼，於是翻動電子傳訊卡，接駁了一個很重要的電話：「你今天怎樣？」

顯示幕上出現了思思的笑臉。

「今天嗎？還不錯喲。你……想約我去街嗎？」思思就是這樣坦白。

「也不是，只是突然很想念你。啊！我媽弄了巧克力脆皮西多士，是全世界最棒的，我想你也一起吃。」媽媽送來香味撲鼻的西多士，二米也顧不得燙熱，一口咬下去，燙得他直張開嘴噴煙，好不狼狽。

「咦……讓我看看！」思思不停的眨動她那大眼睛。

二米將西多士放在鏡頭前轉了又轉。

「好啊好啊！我也要吃啊！」思思的音調即時高八度。

「是是是，我拿一塊給你吧！低音一點可以嗎，耳膜要穿了！」

二米媽笑着搖搖頭：「兩個人都是那麼性急，還像小孩一樣！」

「哈哈……快點哦……我可要趁熱吃的啊！噢！我也弄了最美味的榴槤蛋糕，你正好來幫手吃！」

「吓？又是榴槤？你知我最怕那陣味道……」

「什麼那陣味道？我最愛榴槤的味道，是我親手做了一整天的，你吃還是不吃？」思思嘟起小嘴。

「吃吃吃，遵命！馬上來！」

5

導修課二：**愛要負責任**

在東啟德水上活動中心內，二米正在四樓的恒溫泳池內游泳，小光頭與肥馬則在地庫潛水。二米看看腕表，約了小光頭他們呢，時間也差不多了。二米梳洗完畢，乘坐玻璃電梯到天台的Pool Side Bar，坐在跳水臺的對面，邊吃三文治邊看別人跳水。小光頭與肥馬也都來了，剛坐下就不停的説着潛水時遇到的可愛美少女。

「她必定是看上了我，要不怎麼一直跟在我後面？一定是我的潛水英姿吸引了她，想不到，她也蠻有品味的！」肥馬一臉陶醉地説。

「咳……咳……你也真沒公德心……説這種駭人的話，想害我窒息而死嗎？」小光頭白了肥馬一眼。「如果她真的看上你，就一定是因為你太肥，遮掩了我俊俏的臉，無可選擇下才會看上你。」

「那個潛水池有多大？游來游去不也都在那個四方框裏？我相信她也不想刻意跟着你，而且單憑你潛水的模樣就喜歡你？那可能性也不大吧？」二米忍不住插口，小光頭已笑得人仰馬翻。

「二米，怎麼今天不叫思思一起來？你們不是孖公仔嗎？」肥馬窘得急急轉換話題。

「她很想來呀，但早幾天跟我去滑浪，感冒了，剛剛才好轉，她家人也不想讓她又再出來玩，我便叫她留在家中休息。而且我自己也想早一點回家。」二米邊說邊看腕錶。

「為什麼要早點回家？你也生病了嗎？」小光頭關心地問。

「別咒我！只是今天要做導修課的題目。」

「啊！對啊！你在做那個愛情試驗品啊，怎樣？」小光頭一再追問。

「不是做愛情試驗品，是上戀愛教室的試驗課程，不要自作聰明啦。」肥馬終於等到這個搶白的機會。「好玩嗎？」為了不讓小光頭有回應的機會，肥馬立即轉向二米。

「挺有趣啊。」

「是嗎？上課時怎樣？有什麼內容啊？」小光頭心急得不得了。

「怎樣説呢？一時間也實在很難告訴你。遲些日子你可能也要上吧？那時你自然就知道啦！」

「嘩！你看，我們這位愛情實習專家，身分不同了就不認識人喇！」肥馬開始有點煩躁，向着小光頭揶揄二米。

「對不起，我真的趕時間，下次一起來跳水吧！再見！」二米沒好氣回答，急步走了。

✣ ✣ ✣

導修課二：Be responsible before love

要愛人，先要對自己負責。

「……自己都不愛，怎可相愛，怎可給愛人好處……」

王菲〈給自己的情書〉

正如以上的歌詞所寫，當你連照顧自己、愛惜自己都不懂時，又怎能說服別人你有能力去照顧、愛惜別人呢？怎樣才算愛惜自己？就是要照顧自己的生活細節、自己分配時間做合宜的事情、為自己定下每日計劃並能付諸實行、控制自己的情緒、既有主見又同時能接受別人的意見……看似簡單，但你自問做得到嗎？

再簡單一點，愛自己就是要對你的生命負責，肯定自己不會為任何事情而輕言放棄生命，包括要好好照顧自己不因任性而生病，別以為淋雨是浪漫、以為冷天只穿單薄衣物是瀟洒；**更重要是懂得拒絕一些令你一生蒙羞的事情**，如未婚產子、不專一、不重情、對愛情不認真、不理會別人感受等。若然你能認真面對自己的生命，你必然能夠認真面對感情。對自己負責之餘，亦能對身邊的人負責。

還要對愛自己的人負責。

「……問世上誰又比雙親更親……」 李克勤〈兒女私情〉

少年人常以為父母不喜歡兒女拍拖，只一味隱瞞，不讓父母知道，不斷編造謊話，最終令家庭關係變得疏離甚至惡劣。**你有否想過，父母也都經歷過少年時期，他們少年時都會喜歡別人**，同樣都怕他們的父母反對而暗中做很多以為父母不知道的事情……所以你現在所做的，都是你父母自己年少時所經歷的，試問他們又怎會不知道你在拍拖？他們又怎會不了解你的心情？

要是他們留意到你的行為與往常不一樣，也證明了他們十分關心你的日常生活狀況，可能只是不懂得如何去表達關心罷了。

問問你自己：

- 每星期上學五日，每日上學八小時，可能與同班的男／女朋友見足四十小時，放學後又一起逛街、補習，回家已是晚飯時間。吃飯時又看電視，吃完飯便自顧自做功課。功課完成後又不斷講電話、ICQ，之後又洗澡睡覺。你問問自己可有讓父母介入你的生活空間？請不要再說父母不關心你。

- 每次外出拍拖都承諾九時回家，但承諾有沒有兌現過？若你無法遵守自己的承諾，你又怎能叫父母對你有信心？你要知道這不是對時間的承諾，是對父母的承諾，是用來證明自己已夠成熟會負責任的承諾。要讓父母相信你已長大，可以接受你拍拖，請你以行動證明。
- 不斷製作或購買小禮物送給男／女朋友，你可曾發自真心送過一份禮物給父母？天氣一轉便立刻致電對方噓寒問暖，又有否對天天見面的父母慰問一句半句？父母都是人，都需要別人愛惜、關心。試想像父母對別人的子女表現十分關愛，卻從不理會你，你會不會懷疑自己不是他們親生的？這樣設身處地去想，你是否能明白多一點父母的感受？
- 為了拍拖，有人會與父母大吵大鬧，甚至離家出走，與父母反目。這個階段的少年總以為男／女朋友就是一切，父母的愛與包容都不及對方的愛。但熱烈過後，感情冷卻、分手收場，最終是誰會依舊接納你、愛護你、在家等着你？不還是你的父母嗎。**家庭是一個人一生的根基，不要因為一時氣上心頭而與父母反目。**

導修題目

試將你生命中最愛的人排列一個優先次序。

若你只有100個愛的籌碼，你會怎樣分給這些你最愛的人？

二米讀完這份導修資料，感到有一點吃力，他從不知道愛一個人要做這麼多的事，更從未想過拍拖也要對父母負責任，突然間好像多了很多事情要兼顧處理。二米站起來伸伸懶腰，真是很想出外走走，卻見天空灰濛濛，正下着密密的雨。呀——二米呼出一口悶氣，走到客廳看電視。坐在沙發上，二米又嗅到濃濃的香草味。

「媽媽在煮什麼？很香啊！」

「今晚吃香草焗比目魚柳，是你爸爸最愛吃的。」

「啊，媽媽讀書時有拍拖嗎？」二米看着媽媽的背影，心中好奇。

「怎麼突然問起這些東西？」二米沒頭沒腦衝口而出的問題令媽媽有點不好意思。「問這些幹嗎？」

「沒什麼，只是想知道你們那時拍拖是怎樣的？」

「……你過來幫我搾些檸檬汁吧！」媽媽支吾以對。

「是爸爸先追求你，還是你追求爸爸的？」二米邊搾汁邊追問。

「那當然是你爸啦！」媽媽忍不住甜甜地笑。

二米沒想到可與媽媽這樣談談情、煮煮飯，之前的鬱悶似乎已煙消雲散。導修資料的文章似乎每次都讓他在生活上、在不同的關係中一步一步的往前行，就好像一位領航員，帶他走在正確的航道上，二米不禁疑惑到底是誰寫這些材料呢，那人又會不會是他認識的呢？

6

導修課三：**愛得對不對？**

二米在懸浮列車站月台上等了很久，列車一班又一班在他面前疾駛而過，人羣聚集又散去，卻仍未見思思的蹤影。唉，女孩子是不是一定要遲到呢？二米開始不耐煩。

「對不起，遲了一點！」思思一蹦一跳的撞到二米胸前，輕輕拍打他的頭，二米黑着臉沒有回應。

「在看什麼？」思思怕二米生氣，有點心虛。

「你這件上衣是新買的嗎？」二米的目光一直停在思思的上衣。

「你留意到了？好不好看？昨天才買的啊！」思思十分高興二米會留意她的新轉變。

二米仔細打量思思上身，那是一件露肩的貼身上衣，還印有一個鮮紅色的蘋果圖案在胸前，將思思的身段表露無遺。二米亦留意到街上的行人，眼光都跟他一樣落在思思胸前的大蘋果，二米心裏有點怒氣，但都盡量克制住自己的情緒。

「你遲到就是為了這身裝扮嗎？」

「嘻嘻，只是遲了二十分鐘而已，不要這麼小器啦！你的女朋友漂亮，你也有面子嘛，不是嗎？」

「以後不要穿得這麼性感。」

「其實也不算是太性感了……你不喜歡……」未待思思說完二米已搶白說：「這樣還不算性感那不如不穿啦！」二米愈說愈有點火了。

「發什麼脾氣啊！我還不是因為想你喜歡才這樣穿啊！」思思感到萬般委屈。

「不是我喜歡什麼你就做什麼，你也要有點自己的性格吧？況且我幾時說過我喜歡？」

「好，你不喜歡，但我就是喜歡這樣。」思思開始發脾氣。

思思沒有再說話，只紅着臉、不停眨動大眼睛，為的是不讓淚珠掉下來。思思不明白為什麼一件衣服會令二米這樣不高興，今天二米甚至沒有拖過她的手一下，從見面開始都沒有笑過，是不是他想找藉口不再愛自己？思思心裏有很大的委屈與疑問。

「我回家了。」思思忍着淚低着頭輕聲地說。

「什麼？」二米以為自己聽錯。

但思思沒等二米回應，已跳上正關門的列車。

二米追上前叫住思思，但列車的門在他面前關上，他看到思思故意背着他，似乎在抹淚。二米心裏的怒氣本將要爆發，但看到思思傷心的樣子，他也呆了，只看着列車一陣風似的開走了。

回到家裏，二米致電給思思想知道她是否平安，但電話一直沒人接聽。二米錄了一個視像留言：

「嗯……你在哪裏？安全嗎？你早點回家好嗎？……是我錯了，但其實我也不知道自己錯在哪裏。我也想你開心，也是為你好呀……算了，誰對誰錯也好，我今晚再找你，不要不接聽啊！」

二米掛線後，覺得很累，仍是悶悶不樂。自從拍拖以來，兩人間中也像剛才般吵架，思思通常都一走了之，次次都要等二米哄她才和好如初。二米有時都會心生厭倦，有時忍不住覺得拍拖這麼麻煩，還不如不拍拖。

「嗶……」二米以為是思思的回應，即打開電子傳訊卡一看，卻是新一課的導修資料。二米心情不佳，不大想看這份文案。

二米走到廚房吃了一杯雪糕，似乎快慰了一點。想看電視，但確實沒什麼好看；想睡覺又睡不着，輾轉反側，悶上加悶。二米又爬起牀，到處亂翻，突然想起自己這種狀態，叫做坐立不安，二米苦笑。最終在沒什麼好做的情況下，二米還是坐在電腦前打開了導修資料。

⁘ ⁘ ⁘

導修課三：Love Reminder

「凡事都可行，但不都有益處。凡事都可行，但不都造就人。無論何人，不要求自己的益處，乃要求別人的益處。」

〈哥林多前書〉十章 23-24 節

凡我們所做的事都必須對人有益處，而且對自己也要有意義，叫身邊的人得着正面的好處及幫助。

「少年人哪，你在幼年時當快樂。在幼年的日子，使你的心歡暢，行你心所願行的，看你眼所愛看的；卻要知道，為這一切的事，神必審問你。所以，你當從心中除掉愁煩，從肉體克去邪惡……」

〈傳道書〉十一章 9-10 節

我們享受生命之餘，要有所平衡，不要以放縱的態度享受玩樂，不要成為無視道德的享樂主義者；也不要貪得無厭，只求滿足個人的慾望；因為將來你必須要為你曾作過的事負責。

導修題目

生命中能有機會愛人或被愛，都是幸福的事，請不要輕言分手、輕言放棄。任何關係都要付出，任何行動都會影響別人的情緒，請做一個負責任的人。請寫出你對愛的承諾。

完成了導修課，二米又再打個電話給思思。

「你心情好一點了嗎？」這次總算接通了。

「唔……」思思不知道該如何回應，「你剛才為什麼不追上來？」

「哎呀，你都上了車叫我怎麼追？況且剛才大家都有情緒，氣上心頭，再追也是吵架收場啦！」

思思靜默了一會。「……其實我真的不知道你想怎樣，也不知道你想我怎樣？」思思嘗試冷靜地解釋自己的想法。

二米也覺得難以說清自己的心情。「……我沒有特別想你怎樣，你也不用因為我的想法而去做，因為你也有自己的想法嘛。」

「……我覺得這件衣服也不是太性感，但你不喜歡……

你又叫我不要遷就你……那我究竟應該穿還是不穿那件上衣呢？我不知道該怎樣？」

「……我明白你的意思，有時我自己也不知道想怎樣……啊！我剛才看到一段資料，可能對你也會有用，不如現在傳送給你看看。」

✣ ✣ ✣

趁思思閱讀的時間，二米也冷靜地再回想一次剛才發生的事，開始有點明白了。

「可能我們都要想一想什麼是對你、對我都有益的，這樣會較容易知道怎樣會相處得愉快。」二米心情已轉好。

「其實我還不是太明白，不過只要不再吵架的話，可以試試的！」

「我也希望是這樣！你在哪裏？什麼時候回家，我來接你。」

「我在樂樂家，這麼遠你別來了，我自己回去就可以了。」

「就是因為路程遠，我才不想你一個人上路。你等我，我現在就來……你想我來嗎？」二米想起剛才的資料，怕自己又在強人所難。

「那當然想啦！只是怕你太辛苦。」

「去接你又怎會辛苦，我樂意的。」

思思笑了：「那好吧！我等你！」

7

導修課四：**愛的期望**

「二米，二米，大件事呀！樂樂她約我啊！她約我到她家裏啊！」小光頭在視像電話內手舞足蹈，大叫大嚷。

「你知道現在幾點嗎？」二米睡眼惺忪，但小光頭好像完全聽不到，仍在自說自話。「樂樂約我去她家啊！這是我等待已久的機會，你不替我興奮嗎？」

「你不知道我們也會去嗎？」二米打斷了小光頭的幻想。「什麼！她也有邀請你們？怎麼我不知道啊？那……怎麼辦？」

「什麼怎麼辦？現在很夜了，你可以讓我睡了嗎？」

「對不起！對不起！我只是……」

「到時見啦！」二米已掛線了，只剩下小光頭對着已關閉的視像電話顯示幕發獃。

樂樂剛搬進了位於馬灣的新居，招呼大家在會所沙灘上吃芝士火窩。

「今天還有什麼好節目？」肥馬先開口。

「當然是試試這個芝士火鍋啦！之後有個遊戲想跟大家玩啊！」樂樂故作神祕地説。

「嘩！不會是跟我們玩捉迷藏吧？」

「肥馬，你可以學習欣賞一下別人的心思嗎？」小光頭努力維護樂樂。

肥馬斜眼瞟了小光頭一下。

「很簡單，我會出一道題目，你們説出腦海中的即時聯想，説不出來就算輸。」

「那有什麼好玩？」肥馬覺得這似是一個很悶的遊戲。

「樂樂你不像會這麼無聊啊！」思思苦着臉說。

「別這麼好嗎？其實……我要交一份功課，想大家幫幫忙，但又怕大家不願意啊！」

「你早說嘛！大家怎會不願意幫你呢！」小光頭連忙安慰。

「你的功課題目是什麼？」思思好奇地問。

「是探討何謂愛。」

「樂樂你現在讀哪一級？」肥馬有點疑惑。

「數理科是第十班，語言文學是第十一班，通識教育已是第十四班了。」

「怪不得你的題目我都沒有做過，原來你的通識已學到這地步，還差一班就畢業了，很厲害呢！」肥馬有一點羨慕。

二米這時也由家傭機械人帶到沙灘來與各人會合了。

「你遲到！」思思有點埋怨。

「剛出門時收到導修資料，我又心急想看，所以便下載到傳訊卡，多花了點時間，對不起啊。你們在玩什麼？」

「我們在玩『做功課』！」肥馬搶着説。

「我要做一份關於何謂愛的意見調查。」樂樂再解釋一次。

二米一聽完樂樂的説話，剛送進口裏的檸檬雜飲都噴出來了，還卡了一粒冰在喉嚨！幸好噴出來的凍飲都落在沙地上，沒有殃及池魚。

「嘩！反應不用那麼大啊？」肥馬忍不住大叫起來。

「對不起……因我剛剛收到的導修資料，就是講及何謂愛，實在巧合得嚇人。」

「真的嗎？可以讓我看嗎？」樂樂喜不自禁。

「當然可以，不如一齊看吧。」二米將電子傳訊卡遞給樂樂，樂樂吩咐家傭機械人將電腦及顯示幕安裝在沙灘上，各人邊吃邊看導修資料。

二米有點驚訝，不明白為什麼每次收到導修資料時都有相關的事情發生。導修課的設計像是與他的日常生活連在一起，更加令他相信這些資料的來歷相當不尋常。

導修課四：What is love？

問問你自己：

你知道什麼是愛嗎？

愛是和睦之本

愛是行動

愛是不斷地學習

愛是享之不盡的禮物

愛是用心去欣賞

愛是恆久忍耐又有恩慈

愛是不自誇不張狂不作害羞的事

愛是永不止息

愛是很奇妙的，不論時代怎樣變遷，我們每天都會與不同的人接觸，性格相近、背景相似的人會自然地走在一起，建立不同程度的感情。

我們很容易能感受到自己對某人產生好感，即是那種很想見面、很想親近的感覺。當中有對父母的愛、對朋友的愛、對戀人的愛、對世界的愛……對戀人的愛我們慣常稱為「愛情」。

你知道愛情是怎麼樣嗎？

愛情是甜密　　愛情是激動

愛情是眼淚　　愛情是吸引

愛情是責任　　愛情是接納

愛情是關懷　　愛情是信任

愛情是生命　　愛情是全部

愛情是眾水不能熄滅　愛情是大水不能淹沒

愛情通常是從友情出發，並不是剎那的激情，也不是濫情。真正的愛情是深深被對方吸引，彼此關懷、接納、信任，分享快樂、分擔痛苦，願意為對方做有益的事。

真正的愛情可以幫助我們在心理上逐漸成熟，了解到愛的責任，並且能從這份愛中分享到一種坦然的快樂。而在愛的發展過程中，互相督促、互相勉勵，成為彼此不斷成長的動力。

導修題目

愛是……

你對愛情的期望是……

二米與思思在大口大口的吃着芝士火窩。

「怎樣，對你的功課有幫助嗎？」小光頭立即發問。

「有，叫我大開眼界呢！」

「是嗎？有什麼新的觀感？是不是對什麼改觀了……是不是願意接受我了……」小光頭迫得樂樂透不過氣來。

「喂！小光頭你別這樣迫人好嗎？就算喜歡你也不敢說出口啦！」肥馬又搶白了小光頭一番。

「關你什麼事！」小光頭亦不甘示弱。

「二米，你常看這些文章嗎？」樂樂沒好氣與他們兩人糾纏。

「大概每星期都會有一份這樣的資料，要考試嘛。」

「那你對拍拖一定有新的理解！」

「對啊！其實我每次看完以後，都有認真地思考拍拖究竟是一回怎樣的事。」二米說時看了看思思，兩人相視而笑，笑容裏充滿了信任，充滿了甜蜜，也充滿了愛。

「拍拖也要學嗎？教我，教我！」小光頭又再追着二米。

「到時你也要考啦！」二米避到思思背後，小光頭卻不打算放過二米，兩人開始在沙灘上追逐。

❖ ❖ ❖

二米心裏仍記得自己寫的期望。

你對愛情的期望是……**「我期望我的愛情能像童話般浪漫與詩意」**。

8

導修課五：**愛的需要**

自從上星期到樂樂家裏聚會之後，天一直也在下雨，而且下得很大，二米這幾天都沒有外出。回想以前，二米在這種日子必定悶得發慌在玩網絡遊戲。二米這幾天卻在重看之前的導修資料，二米真的很想知道到底是什麼人寫的，但一直也查不到半點蛛絲馬跡，連官方的網頁也沒有相關資料提供。二米總覺得世界上不會有這麼巧合的事情，沒理由導修資料內容會與自己的生活如此貼近，甚至經常有即時的幫助。二米百思不得其解，他有理由懷疑那個人是認識他的，說不定還預知未來。但他在腦海中推想過每一個他認識的人，最後都沒有頭緒。

又是收取導修資料的日子，二米希望這次可以查出文章的來源。電腦通訊欄一響，二米立刻開啟有關資料，用盡各種方法都無法追查到來源，只知道是從官方教學大樓的終端機發出，沒什麼特別。二米希望終有一日能見到這個人，或者不用見面，能有一點溝通都已經滿足了。

⁘ ⁘ ⁘

導修課五：Why do we need love？

問問你自己：

你為什麼要去愛？

想有人錫自己	*想有人關心自己*
想要刺激感	*想要浪漫回憶*
想跟潮流	*想威*
想試試拍拖的滋味	*想自己成為別人的中心*
想同朋友有話題	*想證明自己有人中意*

動機不純正

每一件事情的發生，背後都有其動機，那動機就是推動你去參與、去投入那件事情的動力。戀愛也是一件這樣的事情。拍拖戀愛背後都是希望有一個人去分享自己的成功與快樂、分擔自己的痛苦與憂傷。在這段關係當中，彼此付出、互相承諾、同甘共苦。

但有些人眼見身邊的朋友很多都已陸續拍拖，便生出一種對拍拖的渴望，一心只想盡快找個女朋友或者男朋友，嘗嘗拍拖的滋味。如果只是單單抱着這種焦急的心態，又怎會願意花時間慢慢培養一段認真的感情呢？

有些人為了證明自己是有魅力、有價值，又隨意找一個人來與自己拍拖，當中有幾多真心，大家都可預計吧?!更有些人很享受追求別人的感覺，追求成功反而令他不愉快，便想找個藉口快快分手，讓他開始追求另一目標，享受追求的感覺；當然也有些人很享受被追求、被呵護的感覺，可能不喜歡對方，但卻基於享受被寵愛而不會拒絕對方。還有一些人在性方面有很大的好奇心，以致他們很想找一個人來拍拖，心中為的是想嘗嘗性的滋味。

慘遇舊情人

拍拖不是一般興趣，是不應抱着隨便試試的心態，若果一個人隨便地拍拖，也就會容易隨便地分手。有沒有想過你今天接吻擁抱的對象，他日可能就是你另一半的親人？你能想像在自己的婚宴上，看到前度情人坐在你對面，而你們曾經發生過很親密的關係，可能是拖手、接吻，甚至是性行為嗎？又或者倒轉位置，當你滿心歡喜參加親人的婚禮，**你能接受從前拍拖的對象再次出現眼前，不只是今天，而是以後永遠成為你的大嫂、姐夫等等親屬嗎？**這種尷尬關係要是被家人發現，你認為大家能接受嗎？

問問你自己：

你知道什麼是真愛嗎？

願意犧牲自己的時間及興趣

願意為自己花錢

願意為自己花心思

願意在朋友面前承認關係

願意分擔憂傷與痛苦

真愛指定動作？

有人以為要發生一些很轟烈、很深刻的事情，才能證明對方是真心、證明那份愛是真愛，若對方不能完成這份期待，就算是不夠愛了。又有人認為對方必須做某些特定行為（例如送花、送自己回家、每日三通電話等），或是一定要去某些指定的拍拖勝地（例如到沙灘漫步）、發生某些特定的事（例如影貼紙相、燭光晚餐）才算是真心愛過、才能確認這段情是深刻、是認真。

真愛確是一個很抽象的詞語，每個人對「真」都有不同的理解、不同的要求、不同的尺度，所以要去制定一個「真愛」的準則似乎是沒有可能。當我們喜歡一個人時，自然會很緊張想知道對方是否喜歡自己，着眼點似乎都放在追求的技倆上面，很容易忽略了彼此對這份感情的態度。

時間是真愛考官

每當我們被追求時，假若對方不太討厭，心裏都會湧起一份莫名的興奮，很想快一點去感受那一種被愛、被呵護，感受那種相互的關心與愛。但每每我們都會很草率就下決定，根本沒有空間讓自己細想一些較實際的事情，例如這個人是否適合自己、年紀是否相符、性格是否相配等。

惟有時間可以讓雙方進入一個冷靜的狀態，好好思想這段感情是否過於衝動、過於草率，也叫彼此好好考慮這時開始一段感情又是否合宜。縱然被愛是一件無比快樂的事，但也請冷靜地面對，避免因誤會而結合，因了解而分手的傷感局面。

導修題目

寫出十個你想拍拖的理由。

試訪問十位異性朋友了解「什麼是真愛？」

二米回憶起從前與思思的很多片段，匆匆從衣櫃裏翻出一個鐵箱，這個寶箱內存放着二米與思思拍拖以來的紀念品——有兩人的貼紙相、思思親手製作的心意卡、情信、生日禮物、情人節禮物、思思親手編織的圍巾……二米逐件細看，每一件都帶給他很多美麗的回憶。

二米此刻也有點好奇想知道思思當時為什麼會答應與他拍拖？是很想有人愛護嗎？還是真的喜歡自己？二米又想起當時追求思思的片段，每一幕都是深刻而又很好笑的。二米將情信一封一封的細閱，心裏很溫暖，彷彿思思就在他身邊……

9

導修課六：**親密底線**

二米與思思、小光頭、肥馬及樂樂相約到大埔沙灘長堤營區露營。這是一個人造沙灘，足有九十哩長，與大埔舊海濱公園及船灣淡水湖長堤連接。

由於正值中秋節假期，沙灘營區布滿不同大小的帳幕。二米一行人在近長堤處紮起兩個帳幕，男女各佔一個。他們以粗蠟燭圍着兩個帳幕，似乎要告訴其他人這是他們的私人地方。蠟燭發出淡淡的光芒，暖暖的火點也照得人面上紅紅的，感覺分外浪漫。

五個人圍在一起説説笑笑，吃着紅豆蓮蓉月餅，開心不已。

「……喂……你們來看……」肥馬突然把聲線壓得很低，並用手示意大家再靠攏一點，似乎是有俏俏話要説。

各人都將身子傾前，想知道肥馬要説什麼。

「你們等一會兒，記住不要立即回頭看，看看前面那個橙色帳幕旁邊的情侶！」

各人挪動一下身子，順勢向那個橙色帳幕望去。

「哎呀，他們很親熱啊！吻得好纏綿啊！」樂樂小聲地說。

「你看，你看，那個男的將手伸進那個女的襯衣裏了。」小光頭愈看愈激動！

「別看啦！尷尬死了！真不明白怎麼會有人喜歡在大庭廣眾前表演！」思思白了他們一眼。

「情到濃時也沒辦法啦！其實這樣兩個人在一起也頗浪漫啊！」樂樂流露出一臉羨慕。

「你喜歡這樣嗎？我還以為女孩子會避忌一點呢？」小光頭隨即追問。

「哼！我作為女孩子真的不會這樣，公眾場所、大庭廣眾，公開表演嗎？難看死了！」思思一腔憤慨要爆發了！

「你幹嗎這樣激動？是不是……感同身受，有冤無路訴啊？」肥馬像發現什麼祕密一樣。

「就是啊！大家都是好朋友嘛，有什麼不快便說出來啦！」小光頭也加入逼供的行列。

「你們兩個不要亂說一通啦！諸事八掛！」二米急了，也有點憤怒。

氣氛似乎不大對勁了，思思悶聲不響自己一個人走開，向着長堤那邊走去。

「二米你還不去追？」但二米卻無動於衷。

「根本就不關我的事，是你們胡扯出來的啊！別賴在我頭上。」二米有點不耐煩。

「看你們兩個幹的好事。」樂樂指着肥馬與小光頭，說完已一個箭步追上前。

✣ ✣ ✣

沒有女孩子在場，話就好說了。

「二米，現在人少少，你老老實實作答，是不是曾經要思思在公眾場所做表演啊？」小光頭打開了話匣子。

「什麼表演啊？不知道你說什麼！」二米有點生氣。

「那會不會是思思她接受不了拍拖的親熱啊？」肥馬亦試着了解事情的來龍去脈。

兩人接二連三的問題令二米陷入混亂，他好像有很多怨憤，也好像有點歉疚，處於想說又不想說之間，因為那始終是他與思思的事，說了出來反而對思思更不尊重。

一陣死寂之後，小光頭又忍不住開口：「兩個人拍拖是否就要常為這些事情吵架？二米，我們當中就只有你一個拍過拖啊！」

「我真的不知道……喜歡一個人怎會不想與她親近一點？這不是罪吧？我真不知道什麼是對？什麼是錯？」二米也開始激動。「肥馬，你知道嗎，拍拖總會親親嘴、抱一抱，我可是個真正的男子漢呀，又血氣方剛，正常人都想會有……有進一步行動啊！而且……她一時又不拒絕，一時又很堅決，我也不知道她想怎樣。」

「你也有你的道理哩……」小光頭似懂非懂……

✣ ✣ ✣

男子組及女子組各自討論完畢，天也亮了，但二米與思思卻仍未説過一句話。眾人乘懸浮列車回家，逐個逐個到站下車，連思思也要下車了，而二米仍在賭氣。

「去送她回家啦！」小光頭低聲跟二米説。

二米仍是動也不動，車門關上，思思已在車外面，頭也不回地朝着出口離去。思思與二米的心都各自在苦澀，基本上每次談到這個話題都彷彿按動了計時炸彈，每次都不歡而散。思思心裏有很強烈的委屈，但不知道怎樣才有出路。

二米帶着無可再差的心情回家，好端端的中秋節就這樣泡湯了，最糟的是不知道又要挨多少天才可與思思見面。二米倒在牀上，百般滋味在心頭。

「嗶……嗶……」是思思的來電嗎？二米心裏有一些複雜，在接聽之前的短短數秒鐘內，心裏已盤算了萬千種回應的方法。

二米先深深吸一口氣，才打開電子傳訊卡，卻叫他失望，原來是一個之前未被開啟的信息通知。那是戀愛教室的導修資料，因這幾天中秋節假期都在外邊，二米都沒有開啟過電腦呢！

導修課六：Respecting intimacy

intimacy（名詞／n.）

【事】親密，親近；熟悉

【事】私下；在避開眾人耳目的情況下

親密的尺

很多人誤會在拍拖階段必然會出現很多親密的舉動，以為身體的距離愈小，彼此的接納與愛就愈多；更有人以為親密的身體接觸才能代表自己的愛，才能肯定彼此的關係。真的是這樣嗎？

有沒有想過，**每個人的身體都像一個戰場，其實有很多地雷埋在不同的位置，一觸即爆**。而這些地雷的擺放位置則人人不同，故我們不能用自己的尺量度別人的距離，特別是在十分敏感的戀愛關係中，更要步步為營。

在戀愛的過程中，當兩人身體距離逐漸減少，無可避免地會出現很多挑起情慾的行為，若為滿足一時情慾的需要，發生更親密的關係，而心靈的交通卻未能配合肉體的步伐，感情就會變成以情慾為主。心裏以為更進一步的接觸是很自然及必然的事，要是對方拒絕，就以為對方不願再付出感情、不再愛自己；提出拒絕的一方便因而生出內疚和掙扎。

慾望遊戲

其實每個人都有很多慾望，當一個慾望被滿足後，我們都會期望下一個慾望會帶來更高層次的滿足感。就像玩電腦遊戲，分數達到某一層次後，刺激不斷重覆，可能已再沒有任何新鮮感、滿足感可言，我們便渴望升級，追求更高層次的刺激及享樂。

又如現實生活中一個有自慰習慣的孩子，當幻想、動作，甚至刺激感都在不斷重覆時，原有的習慣已不能再滿足他的需要，可能就會追求更多的外在刺激，例如變換引起刺激的物件、變換自慰的地點，甚至是偷窺、非禮、看色情書刊或渴望與一個真正的肉體進行性行為。

一旦以這種心態去尋覓伴侶，兩人關係在正式開始前已被扭曲——試想像你的伴侶原來不是因為喜歡你，而是因為想與你進行性行為而與你一起，那感覺總不好受。

尊重與信任

在戀愛關係中，雙方都很容易因着性要求而出現磨擦。磨擦通常會隨着一方堅持不從、一方堅持發生而出現。面對這些衝突，我們總以為錯的是對方，是對方不了解自己的感受，不明白對方為什麼要拒絕，也不明白對方為什麼要堅持。

何不多想一步，**要是對方每次拍拖都必須發生性行為，你會怎樣評價這個人呢？**親密的關係表示對這個人、這份感情的全然信任，而這種信任不是隨便輕易產生的。我們應該學習欣賞對方對這關係的謹慎，那至少證明對方並非一個隨便的人。所以別為滿足一時的情慾，而草率豁出自己的信任。

設定底線

在互相尊重的前提下，基本的親密關係也是值得尊重的。親密接觸是要經過雙方在這段關係中的苦心經營及付出，才能發展到互相信任的階段。點到即止的親密行為，是彼此坦誠溝通後的共識，請尊重彼此的承諾。

在實際運作時，必然會遇到很多困難。那就請你不要在約會時自設陷阱，例如去一些過於僻靜的地方；也請你們為彼此定下身體接觸的底線，並互相提醒。這過程一點都不容易，**必須付上十倍認真及二十倍堅持才可成功！**

導修題目

請將你最不能接受的行為圈出來。

輕吻	*拖手*
抱腰	*坐在對方大腿上*
熱吻	*擁抱*
撫摸身體	*親臉*
餵對方吃東西	*幫對方按摩*
一起逛街買內衣褲	*以對方大腿做枕頭*
只有兩人去露營	*露營時同睡一床*

若對方堅持這些你不能接受的親密行為，你會……

二米讀完這篇導修資料，羞得滿臉通紅，眼淚不自覺的流出來了。他為自己的態度感到無比的慚愧，為自己的自私感到自責，為自己不能明白思思的感受而內疚。二米真的很難過，相比被媽媽責備、被同學誤會還要難過幾千倍。

「嗶……」電子傳訊卡又再響起，二米趕緊清一清喉嚨。

「是我……」是思思，聽得出也是哽咽的聲音。「出來吃點東西好嗎？」思思假裝若無其事。

「好的。」二米當然渴望與思思見面。「我想了很多我們的事，很想告訴你，可以嗎？」

「唔……要分手嗎？」

「當然不是啦！為什麼你會這樣想啊？」二米着急起來了，是思思心裏想分手嗎？

「我以為你不喜歡我了。」

「怎會呢？我以為你不喜歡我了……」

「不，當然不是。只是……我很害怕再跟你吵架，怕你不再……」

「其實都是我不好，是我一直都沒有照顧你的感受……」二米開始哭了。「其實我是知道你不喜歡的，只是自己太過興奮便什麼都不理了。」二米已說不下去了。

「……嗯。」思思一時間不知怎樣回應。

「如果我再這樣，你一定要即時制止我！若我不聽就罵我！」

「你真的要記住我最不想的……最不願意的……」

「好，記住，我會好好記住的！你也真的要提醒我啊！」

「那我提醒你時，你不要發脾氣啊！」

「知道！遵命！」二米的眼淚總算止住了。「……不過通常亂發脾氣的那個人是你啊！」

「我發脾氣還不是都因為你？你還惡人先告狀？」

「對不起！對不起！是我錯了！」

小兩口子你一言我一語的，歡笑蓋過了淚痕，關係似乎又重新得到修補。

10

導修課七：**浪漫約會**

小光頭神神祕祕的相約二米到旺角吃午飯，還指明不想肥馬參加是次聚會。二米有點摸不着頭腦，但仍興奮應約，因為約會地點是他最喜歡的甜甜迴轉Bar。坐在不斷輸送着各式甜品的迴轉台前，二米吃着奶黃蛋撻，眼睛卻看着正轉過來的巧克力脆皮炸香蕉。

「……其實我很想約她出來，只是沒有勇氣……喂，你不要只顧着吃啊，到底有沒有聽我說啊？」小光頭不滿地看着二米。

「我一直在聽啊！只是你有一句沒一句的，你究竟想說什麼？」二米說時口裏還咬着一塊巧克力脆皮。

「我不是說了很多遍嗎？我很想約她出來啊！」

「那個她到底是誰啊？……嘩！是甜玉米忌廉多士啊！你吃嗎？」

「你專心一點好嗎？之前不是已經告訴你她是誰嗎？」

小光頭有點兒生氣了。

二米定眼看着小光頭，放下手上的多士，拿餐巾抹了抹嘴角：「那……請問那女孩是誰呢？」

小光頭頓時別過頭，避過二米的凌厲眼神：「……是……樂樂啊！」小光頭的聲音低得無可再低。

「什麼？樂樂？你喜歡的人是樂樂嗎？怪不得你上次去她家時那麼興奮啦！」

「教我怎麼跟她約會好嗎？你經驗豐富啊！」

「那你可真的找對人了，我的經驗豐富那當然不用多説啦，你可不要忘了我正在參加教育部的『戀愛教室』試驗課程，對這些問題的認識確實比你們多一點呢！你也算運氣好，我前天才剛剛收到有關約會的資料。」二米雙手交疊胸前，一副得意洋洋。「那這一餐……」

「我請客就是了！」

「好啊！你看……芒果焗甜蛋啊！」二米真是得意忘形了。

「你先別急着吃啊！快點教我兩招必殺技啦！」

二米放下手上的餐具，正襟危坐的面向小光頭：「兄弟，我必須告訴你——約會——是沒有必殺技的！約會是……」

二米回想起前天的導修資料，想不到自己還未獲評級，便有機會升級做小導師，與好朋友分享所學呢！

✣ ✣ ✣

導修課七：Dating tips

問問你自己：

如何表白說愛他？

愛一個人自然很想讓對方知道，但又怕被拒絕，心情矛盾不堪。很多人都想知道有什麼最佳的表白方法，其實哪有最佳方法！人是感情的動物，每個人都有獨特的需要及個性，世上是不會有一種方法可以符合所有人的心意。送花、送禮物、寫情信、發送短訊、製造浪漫氣氛……只要是你能想到的都可以是方法。**用什麼方法都可以，最重要的是態度要認真、表達要清楚。**

有時我們會怕尷尬而不敢正面向對方表白，旁敲側擊的話最後可能都不知道對方是否真的明白。最令對方難堪的莫過於是高調示愛，當身邊所有朋友都知道你的表白，就很容易叫對方討厭，又恐怕因為拒絕你而被朋友喻為絕情，蒙受不必要的壓力。更糟糕的可能是對方因為壓力而選擇與你拍拖，但其實又不是真的喜歡你，那就真是悲劇呢。

有時我們怕被別人取笑而令表白的方式變得古古怪怪，使對方誤會你不認真、只屬開玩笑。一些太極端的表白，例如說是不能接受被拒絕，便以死要脅對方，不單嚇壞人，也令人無所適從。

其實簡單及直接的說話不就是最有效的方法嗎？既不會引起無聊的誤會，更能直接知道對方的回應。

約會禁忌

- **忌扮野**：不論你是男或女，都可能基於不想自己的真性情過分流露，而表現得矯揉造作，令對方無法了解真實的你，亦同時令自己無法以真我示人，影響感情的發展。
- **忌重色輕友**：我們常認為對方必然會遷就自己，要給自己最多的時間、最多的愛護，其他的人和事都變成次要。在戀愛的日子，伴侶看來百般美好，似乎是最重要的人，但**我們仍需要其他羣體生活去讓我們個人得到平衡發展，不應忽視戀愛以外的社交圈子**，特別是家庭聚會。
- **忌跟風**：我們很容易被傳媒影響，對戀愛有一定程度的幻想及假設。總以為街頭熱吻是浪漫、故意遲到是矜貴、天天送禮是愛的價值。其實每人都有其獨特個性，不是流行什麼就要做什麼，總要找出適合自己的生活。

- **忌童話式愛情**：每次約會，我們總希望以最美的一面示人，也希望對方可以符合自己某些對異性的夢想條件——女朋友身裁要瘦削、皮膚要白、頭髮要長；男朋友要大方不拘小節、運動音樂樣樣精通。但每人皆有其獨特優點，不應強求對方達到你的理想。
- **忌自設陷阱**：約會地點是一個暗示。有時約在一些僻靜的地方見面，或中途故意走到一些人跡罕至的街角、坐在自修室沒人看到的最後排座椅，有什麼目的呢？是否為了不讓人看見你們有進一步的親熱行為？如果你心知去這些地方可能會發生親熱行為，就應盡量小心，**別輕看這個約會暗示，也別太高估自己的拒絕能力。**
- **忌無立場**：有些人不知道自己為什麼要約會，只一心想有個人陪伴左右、有個人聽你使喚，更可能是基於有個人讓你可以一嘗親熱行為的慾望而去約會。所以我們在答應單獨赴約之前，也必須考慮自己與對方的關係、約會的內容、約會的地點等，以保障自己免受不必要的傷害。**拍拖不是一個套餐，不是一定要經歷性行為才稱得上愛。**

導修題目

記下最深刻的一次約會經歷。

時間：

人物：

地點：

天氣：

過程：

這次經歷為什麼如此深刻？

要建立一段恆久的關係，約會只是一個開始，提供互相認識、互相了解的空間，慮積相處經驗，為日後的恆久關係作準備。**我們要學習互相調節、彼此包容接納，使我們能在自己的生命中，有機會與另一個生命同行。**

二米將前天所學的導修課內容與小光頭分享，小光頭不住點頭，直至二米說完了他才開腔。

「那我該怎樣向她提出約會？」二米聽了幾乎昏倒，到底小光頭有沒有聽明白呢？

「還要教嗎？你自己想想吧！那是你們的小祕密，我才不要參與其中。」二米仍在吃着那個芒果焗甜蛋。

「約她去吃炸雞好嗎？還是去迪士尼樂園？……哎呀，太昂貴了！不如……」小光頭開始自說自話，而二米就已差不多吃飽了。

11

導修課八：**懸崖勒馬**

炸雞店舉辦「換禮物」活動，光顧情侶套餐可以換取一個小匙扣，一個心形毛毛軟墊上有一根拉繩，拉出來放手後那心形軟墊就會震動一會。樂樂換了一個匙扣，思思覺得好玩極了，於是拉着二米陪她吃炸雞也換一個。吃完炸雞後，兩人在店外湖邊散步，二米跟思思形容一番小光頭追求樂樂一事，笑得思思嘻哈絕倒。

突然天空雷聲大作，開始下雨。二米與思思被這突如其來的大雨弄得狼狽萬分，眼見四周都是空曠的郊野，都不知該躲到哪裏去。兩人在雨中跑了一段路程，終於到達懸浮列車站，站內都已擠滿了避雨的人羣。二米看看思思，髮梢還滴着雨水，兩人不禁相視而笑。

在空調車廂中，思思濕透的身體不住顫抖。二米很自然地一手擁着思思，好讓彼此都可以暖和一點。思思冷得緊貼着二米的胸膛，她閉上眼，連二米的心跳聲也聽得很清楚，好像回到嬰孩時被爸爸抱着的感覺，一想到此，思思不禁把手臂圍放在二米的腰上。

二米被思思緊緊一抱，身體又出現了難以自控的變化，性興奮的感覺變得愈來愈強。二米的心在爭戰，因為不久前才與思思約法三章，但此時此刻的感覺卻難以抵擋。想着想着，車已到站了，二米拖着思思的手，捉得很緊。

「一會到你家說不定又可以吃到你媽媽的巧克力脆皮西多士呢！」思思拉着二米的手，好像忘記了自己已渾身濕透。

「你這個貪吃的小鬼，回家後要先泡個熱水浴，再換過一些乾的衣服啊，不然要着涼呢！」

「Yes Sir！」思思立正並向二米敬禮。她就是這麼可愛，二米禁不住上前吻了思思一下。

✣ ✣ ✣

「媽媽，我們回來啦！」二米進屋後沒有發現媽媽的蹤跡。

「二米，不用叫了，你媽媽有訊息留給你啊！」

二米趕快查看電視顯示幕：「二米，我陪陳太去福田區的醫院探病，那巧克力脆皮西多士在焗爐內，記得烤熱給思思吃。我會晚一點才回來，你們自己吃晚飯吧！」

「萬歲！真的有西多士吃啊！」思思邊拍手邊準備要衝去廚房。

「你忘了嗎？要先洗澡啊！」二米一手拉着思思，將她抱在懷裏。「我去拿毛巾及衣服給你，快去洗澡！」

✣ ✣ ✣

聽着浴室內傳來陣陣水聲，二米心裏很混亂——現在屋內只有他們兩人，是親密的好時機，二米可以放縱自己，不理會別人的想法、不理會道德、不理會思思的感受；但這樣就破壞了大家先前的協議，可能會分手收場……一連串的問題令二米不知如何是好。

「嗶……嗶……」電腦通訊欄的訊息嚇了正出神的二米一跳，二米一按，正是導修資料。二米心想在這時候讀讀導修資料也好，打發時間之餘也可叫自己別胡思亂想。二米順手開啟電台頻道，讓多一點的人聲充滿這個叫人不安的空間。

✣ ✣ ✣

導修課八：Why is it so sexy？

性是自然的事，人類受到外界刺激及環境氣氛感染，很容易就會產生對性的慾望。不論男女都會有性慾望、性要求，男性較容易受眼目的刺激而產生性慾或性興奮，並有外顯的生理反應；女性的性慾則較為取決於關係的穩定性及愛的感覺。

對性說不！

有人以為性行為是戀愛關係中必然發生的事，甚至以第一次性行為當作成長的標記，以性經驗的多寡作為向朋輩炫耀的工具，實在是最不成熟的表現。

說聲「不」可能很難，但若不說後果可能很嚴重。女孩子很多時都不懂得如何拒絕男朋友的性要求，害怕拒絕後會影響彼此的感情，但心裏又真的不願意在這階段發生性行為，內心矛盾不已。**拒絕性要求最理想有效的方法就是坦誠向對方表達自己的感受，惟有坦誠溝通才能令雙方在此事上彼此了解及成長。**

很多時候女孩子都認為拒絕的說話難於啟齒，若我們清楚知道拒絕的原因，我們自然會理直氣壯地說出來。我們是否能承擔性行為的後果？若然不能，最應該做的事就是要清清楚楚的拒絕性要求。

不等於拒絕愛

拒絕對方的性要求並不等於拒絕對方的愛，愛亦應該可以容許兩人表達自己的感受及期望。拿出你的勇氣，嘗試與對方坦誠溝通有關大家對性的期望及底線，尋求兩人都接納的共識，彼此尊重，共同成長。

導修題目

性是……

我的拍拖底線是……

「在看什麼啊？我要吃西多士啊！你媽媽吩咐你要烤熱給我吃的，別忘了！」不知何時思思已洗完澡出來，將二米又帶回現實。

「你滿腦子都是吃的，我替你弄乾頭髮才吃好嗎？」

「頭髮我自己弄乾好了，你快去洗澡吧！」

「那我去洗了。」二米感到有點尷尬。

思思坐在二米的座位，一邊吹乾頭髮一邊上網，不經意地卻看到電腦上的導修資料。

✣ ✣ ✣

「二米，有些事想跟你商量一下啊！」二米撥弄着滿頭濕髮走出來，思思便衝上前。

「什麼？」

「吁……」思思吸一口大氣。「你的拍拖底線是什麼呢？」

二米知道思思看了導修資料，「哦！你偷看了！」

「你沒有關電腦，我不是故意的。」

「那好吧！你想談什麼？邊吃邊談吧！」二米隨即從焗爐拿出巧克力脆皮西多士。想不到思思會先提及這課題呢！二米心裏想：「希望這是一個好開始吧！」

12

導修課九：**情色文化**

最近二米覺得與思思的感情日益穩固，但也不忘參與其他的社交活動，這次肥馬與小光頭相約二米到維多利亞公園的水上活動中心游泳，他就特意與自己的同性死黨聚一聚。

坐在天台的Pool Side Bar喝着消暑凍飲，肥馬的眼睛沒有離開過池邊的幾個女孩子。

「你看她們胖得像沒有剪毛的羊一樣，渾身圓圓的，完全找不到線條。」肥馬小聲相告，生怕那幾個女孩會聽到自己刻薄的話。

「女孩子太瘦才不好看啊！圓圓的才可愛嘛。不過，管他肥或瘦，能有一個喜歡我就好了！」小光頭有點自憐。

「啊，旁邊的女孩身材有點像那個明星羅娜呢！」二米咬着吸管說。

「噢！思思的身材也不錯啊！也有點像羅娜，你喜歡玲瓏的曲線吧？」肥馬擠眉弄眼，又用手肘推推二米。

「喂！思思身材好不好關你什麼事？你很留意她的身材嗎？」二米突然認真起來，而且還帶一點怒氣。

「什麼留意不留意？凡有眼的都看到啦！你別那麼小器啦！」肥馬似乎覺不出氣氛有點火藥味。

「對啊！那是事實啊！而且你也喜歡好身材的女性啊，你剛才不是也在說喜歡羅娜的身材嗎？」小光頭也加入了辯論。

「一個是明星，一個是我女朋友，怎能相提並論？」二米又想起上次紅蘋果襯衫事件，這次真的發怒了。

肥馬有點不服氣，覺得二米故作緊張，好像在高調炫耀自己已有女朋友，轉向與小光頭繼續討論。

「小光頭，你覺得樂樂怎樣，也不錯吧？」

「也真的不錯啊！我最喜歡她的小腿，真的非常野性，引死人！」小光頭很努力地描述。

「小腿又可以怎樣野性啊？」肥馬仍不斷追問，當二米不存在似的。

「呼！」二米突然用力拍打桌面，怒目逼視小光頭：「你知不知道自己在説什麼？你連對人的基本尊重也沒有，你還説自己喜歡她？你究竟喜歡她什麼啊！」二米愈説愈大聲，連鄰近的人都為之側目。

「你發什麼神經？所有雜誌、電視、廣告都在展示女性的身材，女性的身體本來就是讓我們評論的啊！你未與思思拍拖前還不是與我們一起評論嗎？不要扮正義啦！」肥馬也是連珠炮發。

「你説什麼？」二米氣得青筋暴現。

「我叫你不要扮正義呀！」肥馬仍未肯罷休。

「一人少句啦！」小光頭嘗試制止他們，但似乎不太成功。只見二米氣沖沖地離開了，剩下肥馬與小光頭在發牢騷。

✣ ✣ ✣

二米一肚子氣回到家中，心裏的鬱悶無處發泄。他不明白問題在哪裏，只認為別人談論自己的女朋友是很不尊重的行為。但自己不是也在談論別人嗎？是自己有雙重標準？是自己小器？真的想不通。對於小光頭談論樂樂的身材，他也特別不滿，這個小子不是喜歡樂樂嗎？為什麼竟與別人討論自己喜歡的人？

二米看看日曆，今天應該會收到導修資料，那神祕人知道他現在的情況嗎？會就着他的問題去解答嗎？二米十分期待，希望可以解決他的問題。

「嗶」聲之後，傳來了二米期待着的導修內容。

導修課九：Sex in media

問問你自己：

他們說得對嗎？

➶「瘦身、豐胸、曲線就是美！」

不同媒體都標榜瘦身、豐胸，有關的廣告代言人盡是穿着性感的女模特兒、女明星，令一眾處於青春期的少女，以為瘦即是美、胸部愈大愈能吸引異性，都加入瘦身行列，服食各種廣告藥物，用盡任何方法，目的就是要令自己瘦一點、胸部大一點，只想男性稱讚一句「靚」。但青春期荷爾蒙會有明顯的轉變，若再服食這些刺激荷爾蒙的藥物，對身體可能會構成不同程度的副作用。更糟糕的是我們都因為這種文化，習慣了以身段去衡量女性，忽略了一個人的內在美、女性在性格上的特質，而只注重外表的關係實在是難以長久的。

➶「不在乎天長地久，最緊要激情浪漫都曾經擁有。」

很多人都追求刻骨銘心的愛情，不在乎天長地久，只在乎曾經轟轟烈烈的愛過。所以有人甘願自殘身體為這段情做記號，亦有人為營造浪漫激情的深刻回憶而發生性行為，他們都以為這樣才叫做真正愛過，真正經歷過愛情的傷痛。但**什麼叫做不顧後果呢？那是自私的、是欠缺理性的、是叫人受傷害的。**過分激烈的感情關係，只會令人的情緒常處於悲傷及興奮的兩極，失去了平穩發展的空間。而一個人不論在生活中還是心靈上，都不能承受太混亂或太大衝擊的情緒起伏。

「性行為是非常普遍的事！」

電視節目、電影橋段都普遍出現婚前性行為或暗示，當中的女性都被描述為獨立的新時代女性，性行為後要是男方嚷着要負責任，反被女方視為麻煩兼老套。然而現實中的男女關係不是這樣的，男生啊，不要以為性行為不用負責任，不要以為所有女孩子都是這樣「獨立」，更不要以為負責任是老套的事。女生們也請留意，真正的新女性可不是這樣的，不要以為不用男性照顧、負責任就是獨立，不要以為你能獨力承擔性行為的後果，更不要輕視性行為帶來的後遺症。在各種媒介當中所有涉及色情的資訊都鮮有對「後果」作出真實描述，以致我們對這影響一生的後果都不會太着意，總以為是一件自己可以處理得來的事。

✦「最緊要安全！」

很多人以為避免了懷孕，便可以安心與別人發生性行為，不同的媒體也教導青少年該如何避孕，就連社會文化也認同「安全性行為」在青少年性教育中是最重要的課題。當然在預防愛滋病及性病的大前題下，安全性行為是很重要的。但一段關係是否只在乎「安全」？性行為的後果又是否只是肉體上的安全？是否「安全」就可以濫交、可以與不同的人發生性行為？**一段長久的關係，需要承諾、責任、關心、彼此坦誠地相處，這些條件的重要性遠遠超越了「安全性行為」的知識及實踐。**

做個醒目少年

媒介中仍存在很多被扭曲的資訊。嘗試分析各項進入你生活的資訊，由內容、動機、手法，以至該事件與你的關係，都要以理性、批判的眼光去分析，看看自己是否一個沒有腦袋的盲目追隨者。亦請重新調校自己接收這些資訊的態度及立場，幫助自己成為一個有批判思考的人。

導修題目

請從你最常看的雜誌當中，記下它最吸引你的內容。

你認為這些資訊對你有什麼影響？

做完導修題目，二米仍很迷惘，好像無法找到出路一樣。他不知道自己是否被色情文化所影響，不知道肥馬、小光頭及自己，誰是對、誰是錯？他真的感受到自己原來已經不懂得分辨對與錯。

「嗶⋯⋯」傳訊卡又有新的訊息：**「你已完成戀愛教室試驗課程第二部分導修題的評核，兩星期後你會收到整體的課程評級。」**

原來不知不覺已經九個星期了，二米對每一篇的導修資料仍然印象難忘，但也實在有點兒吃不消。二米很希望思思能與他分享這種狀況與心情，不過思思還要一年多才要參與考試呢！

13

戀愛教室**總評級**

二米躺在大草原上看天上的雲，他很久沒看到真實的雲一片一片的在走動，而且走得很快呢！就像過去的九個星期，很快的來了，亦很快的走了。完成導修課，二米的心情是十分複雜的。一想到自己的評級，二米心裏已有點緊張，因為實在不知道自己是否表現理想。置身於大梅沙區的青年夏令會營地，二米的心還是不能靜下來。

今年是二米第一年參加這種青少年成長夏令會，從前他必然會覺得這是幼稚的、是無聊的，只有書呆子才會參加。今年很特別，二米一見到那封宣傳電郵，心裏就很想參加，亦很想思思跟他一起來。最終，二米不用費太多的唇舌，思思都願意與他一同參加這次夏令會。

夏令會中很多環節都是二米與思思從未接觸過的。在夏令會的最後一天，二米與思思都感到不捨。想起這五天裏所接收到的訊息及經歷，都是很新鮮的、是有趣的。有些年紀差不多的朋友，邀請他們日後到南區基督城參加定期的見面及聚會，二米與思思都表示樂意出席。

✣ ✣ ✣

在回家的路上，二米心裏暢快，他看了看思思，也想知道她的心情：「這五天你覺得怎樣？」

「十分開心，認識到很多人，玩了很多新遊戲，也聽了很多有用的訊息及資料。心情是……我不知道該怎麼形容……是很想深呼吸的那種愉快！好像見到無盡的海那種愉快！你明白嗎？」思思努力地解釋自己的心理狀況。

「我也有同感呢！最記得夜晚行山的片段，辛苦得要死，初時還以為是很簡單的事情。不過辛苦過後，能看到那美得不得了的日出，原來以前實在浪費了很多時間呢！」二米一臉滿足。

「你什麼時候會收到評級？」思思突然想起來。

「我也不知道，只知道是明天。」

「那我一大早就跑步過來，順道買個豐富早餐給你舒緩一下好嗎？」

「那當然好！」

「你不要太緊張啊！只是一個試驗課程罷了，小心今晚睡不着覺。」思思向二米眨眨眼，二米也不甘示弱：「我才不會呢！」

✣ ✣ ✣

吃着思思買的熱烘烘芒果蛋黃酥，二米眼裏還是流露出緊張的神情。

「思思，幸好有你這麼早就來陪他，他一整夜都睡不着，出出入入吵死人了。我看他真的很緊張啊！」

「Auntie，他也難得如此認真哩。」

「倒也是。我一會去買菜，你們午飯想吃什麼？」

「只要是你煮的我都愛吃。」二米拉着媽媽的手在撒嬌。

媽媽笑着離開了，思思也笑彎了腰，平時只有自己向二米撒嬌，今天卻看到二米向媽媽撒嬌的模樣，實在很有趣。

「有什麼好笑啊？你不向媽媽撒嬌的嗎？」二米有點尷尬。

「嗶……嗶……」二米看一看思思，結果終於來了。

✣ ✣ ✣

戀愛教室試驗課程總評級：

根據你在試驗課程第一部分影像題及第二部分導修題的成績，電腦分析出以下結果，你在戀愛教室試驗課程的總評級是——

PASS！（可按這裏閱讀導修資料作者的回應。）

由於課程仍屬試驗階段，希望你能給予寶貴的建議及回應，教育部特別邀請你於下星期三到教學大樓參與試驗課程意見交流會。

為使你在日後的實際生活中能實踐課程所學，教育輔導部特別推出為期一年的「伙伴同行計劃」。教育部會派出輔導員定期與你會面，分享你的生活狀況，協助你解決生活上的難題。請於當日意見交流會後，到教學大樓教育輔導部與你的生活輔導員見面。

二米第一時間閱讀導修資料作者的回應——終於可以知道他是誰了。

你好！二米，我也是二米啊！不過我是十六年後的你！我自己也不相信會有機會寫信給十六年前的自己！

我參加了一項名為「生命再造工程」的科研項目，項目是由第二十八屆新政府科研署負責的，主要是希望透過導修資料的協助，嘗試改造我自己於這十六年間的生命歷程。因此所有導修資料是由我按十六年前的情況而訂定，再配合科研署的數據傳送技術，將資料傳給你。

可能你會認為十分荒謬，但為着我能有一段長久的關係、有一個可以共度餘生的伴侶，真的希望你能認真面對自己的感情生活。而且參與這個項目的費用是相當昂貴的，我耗盡所有就是為了令你能有一點改變，希望你不要浪費我的（也即是你的）心意與金錢。

我相信看完後你可能也不明白（我很了解自己的資質），你就當我是一位老師吧！你就不要令老師失望啊！

十六年後的二米

二米不斷反覆看這段來自十六年後的文字，二米頭皮發麻，有點不敢相信。原來這些導修資料是「自己」寫的，怪不得與生活情節完全吻合。但，是真的嗎？一時間實在接受不來。

思思見二米一直看着顯示幕發呆，不知道二米是否滿意自己的成績，所以一直不敢作聲。

「我合格了！」二米良久才說出這句話。「之後還要見輔導員，是教育部安排的。」二米嘗試克制自己的驚愕。「那不是很好嗎？幹嗎你好像不滿意似的？」思思察覺到二米的反應有點怪怪的。

「我現在知道是誰寫導修資料……」二米嘗試組織着。

「那是誰啊？」

「是十六年後的我自己。」

「什麼？你說什麼？」思思一時間不能理解二米的話。「那些資料是十六年後的我寫給我的，即是說是我自己寫給自己的。」

「吓 ?! 」二米讓滿臉問號的思思讀那段來自未來的文字。

「會不會是惡作劇？可能是教育部想你認真點吧？」思思試圖將這些事情合理化。「我真的不知道！唉……」二米一聲長歎，真的不知如何是好。

✣ ✣ ✣

「肚子餓了！」二米與思思呆了差不多個多小時。「那這個未來人要怎樣處置啊？」

「算吧！是真實又好，是想騙我認真對待自己也好，我也得活下去啊！況且認真生活、認真面對自己、認真面對感情也是我希望有的生活態度。」二米原來想通了。

「嗯……也對。如果那個人真的是你，我也想看看你十六年後為什麼會富貴起來。」

「哈哈！我也想知道啊！我餓了，有什麼提議？」

「等你媽媽回來一起做飯，吃過後再出去走走好嗎？」思思溫柔地問。「不如約夏令會的朋友出來見見面？」二米想起幾張親切的面孔，思思也和議。

二米感覺到自己好像有點改變了，以前遇有空閒時寧願與小光頭他們去幻象餐廳吃喝打機。現在卻只想與這些新認識的朋友談談近況，二米希望這些改變都是好的。

原來除了拍拖戀愛，還有很多不同類型的朋友圈子。二米開始發現，在思思以外，還可以有另外一些不同背景的朋友。雖然試驗課程已完結，但二米亦認識了一班來自夏令營的新朋友，開始了他認真生活、認真面對自己、認真面對感情的生活新態度，亦揭開了探索生命的新一頁。

後記

第一次得一次！

人的一生究竟有多少個第一次？

第一口雪糕，還記得是什麼味道嗎？

第一天上學，還記得是什麼心情嗎？

原來第一次之前總是覺得很刺激、很期待。

但做得多了，那珍貴渴望的感覺就會漸漸淡忘；成為了習慣之後，甚至不再珍惜——雪糕吃得太多會膩，天天上學會悶。

除非你愛雪糕，除非你愛上學；因為，***愛是恆久***。

性也是一樣，***如果沒有恆久的愛，性是不能帶來真正的滿足***。

我們的社會卻恰恰缺乏愛，離婚率日增、家庭不完全……傳媒與商人不能販賣愛的時候，只能販賣性的誘惑，嘗試給人愈來愈多的刺激。當身材與情慾成為話題，誰來關顧心靈真正的需要？

後記

每一個人都渴望着愛，青少年拍拖愈來愈早，在我們還沒有肯定是否能與這個人一起生活一輩子，我們便開始拖拖手，親親嘴，抱抱腰，似乎還不夠……

性的第一次包含着我們對愛情的期待，第一次過去之後，假設你們不再相愛，你們當初對愛情的期待也會隨之消逝。再一次的話，你還敢説你能保持第一次的感覺嗎？就像一根火柴，點過一次以後，便不能再次擦出火花……

如果你只為滿足性的期待而隨便作出第一次，你的代價就是一份最原始的對愛情的期待。

盼望你看完這本書後，不單單學懂愛，還可以有能力擺脱別人的誤導，尋回自己，尋回這社會中失落的愛。

這本書，是我的第一次！

對，第一次，只得一次！

感謝您選了這本書，閱讀以後，
您有沒有一些啟發，一些感想？我們期望您的聲音。
請登上 **www.btproduct.com/book**，
在「讀者回應卡」頁面內填寫。謝謝。

飛翔專號系列

《拾五拾六 FAQ —— 懂性篇》

作者：Q 師傅

少年十五十六時，最令人十五十六的問題，老師未必知道，家長也「矇查查」，Q 師傅卻對答如流，因為這些都是 FAQ，就只有在年輕人喜歡的網站 Uzone21.com，沒有人知道自己的真正身分，便可以問得放心，答得認真，以防青少年未懂性便無師自通；助人自助，不可不讀。

《錯過愛》

作者：黃嘉儀

一個尋常家庭，年少兒女和父母共同面對成長的掙扎，當下的任性與決定，誰能夠對未來的幸福有把握？對照一個從前在遠方發生的親族故事，我們發現歷史在重演，一對母女分別走上艱難的錯愛路途……作者第一本小說創作，故事有獨特的劇場感，對白即真實又貼身，引來親切共鳴。